颜体集字经典古诗文 一

主编 江锦世

人民美術出版社
北京

图书在版编目（CIP）数据

颜体集字. 经典古诗文. 一 / 江锦世主编. -- 北京: 人民美术出版社, 2024.5
ISBN 978-7-102-09294-2

Ⅰ. ①颜… Ⅱ. ①江… Ⅲ. ①楷书－法帖 Ⅳ. ①J292.33

中国国家版本馆CIP数据核字(2024)第046716号

颜体集字经典古诗文 一
YAN TI JI ZI JINGDIAN GU SHI WEN YI

编辑出版 人民美术出版社
（北京市朝阳区东三环南路甲3号 邮编：100022）
http://www.renmei.com.cn
发行部：（010）67517799
网购部：（010）67517743

主　　编 江锦世
集字编者 江锦世 张文思
责任编辑 李宏禹 张 侠
装帧设计 王 珏
责任校对 魏平远
责任印制 胡雨竹
制　　版 朝花制版中心
印　　刷 北京印刷集团有限责任公司
经　　销 全国新华书店

开　本：889mm×1194mm 1/16
印　张：4.75
字　数：5千
版　次：2024年5月 第1版
印　次：2024年5月 第1次印刷
印　数：0001—3000
ISBN 978-7-102-09294-2
定　价：28.00元

如有印装质量问题影响阅读，请与我社联系调换。（010）67517850

出版说明

为响应国家弘扬中华优秀传统文化的号召，人民美术出版社策划出版了『颜体集字经典古诗文』丛书，其内容是精选中国古代经典古诗文。

集字书法选取了唐代书法家颜真卿的作品，其正楷端庄雄伟，行书气势遒劲，对后世影响很大，创『颜体』楷书，与欧阳询、柳公权、赵孟頫并称为『楷书四大家』，又与柳公权并称『颜柳』，被称为『颜筋柳骨』。

在集字过程中，选取颜体楷书风格上比较统一的单字进行重新组合，力争做到风格、字与字、行气上的整体呼应；对残损字做了修补处理，对找不到的书法单字选取风格一致的偏旁部首重新组合，保持了集字作品的整体风格统一。本书对书法爱好者学习传统书法具有一定的指导作用。

目录

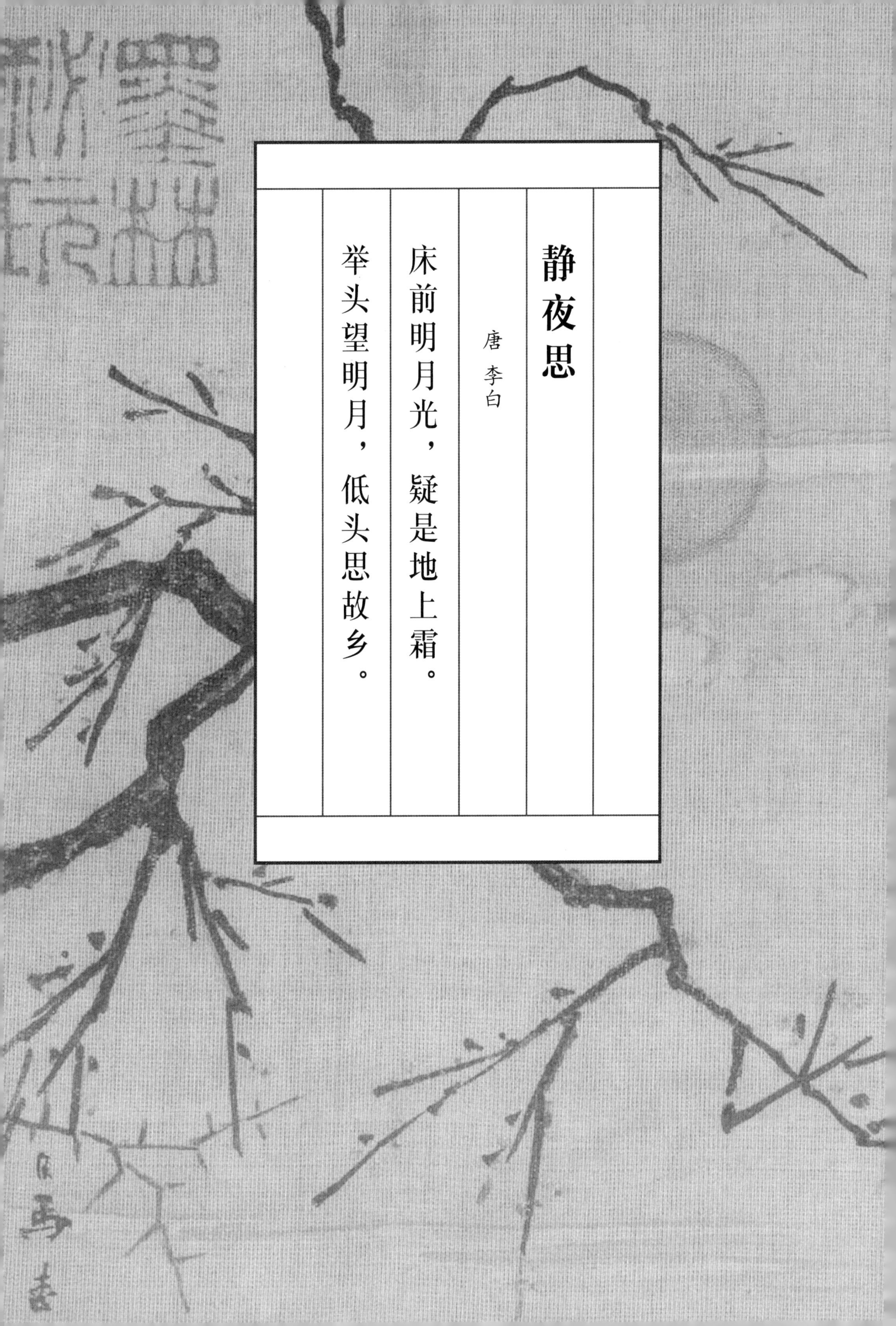

静夜思

唐 李白

床前明月光，疑是地上霜。

举头望明月，低头思故乡。

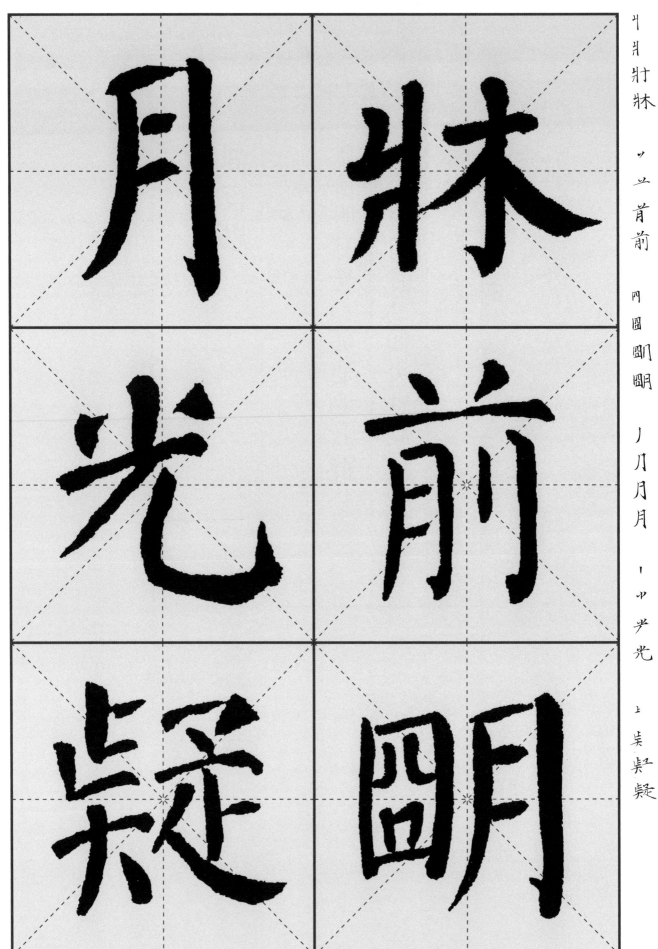

牀 前 朙

月 光 疑

丬 爿 爿寸 牀 丷 䒑 肖 前 冂 囧 囧冂 朙 丿 月 月 月 丨 ⺌ 业 光 匕 矣 矣⺊ 疑

床前明月光，疑

是地上
霜舉頭

是地上霜。举头

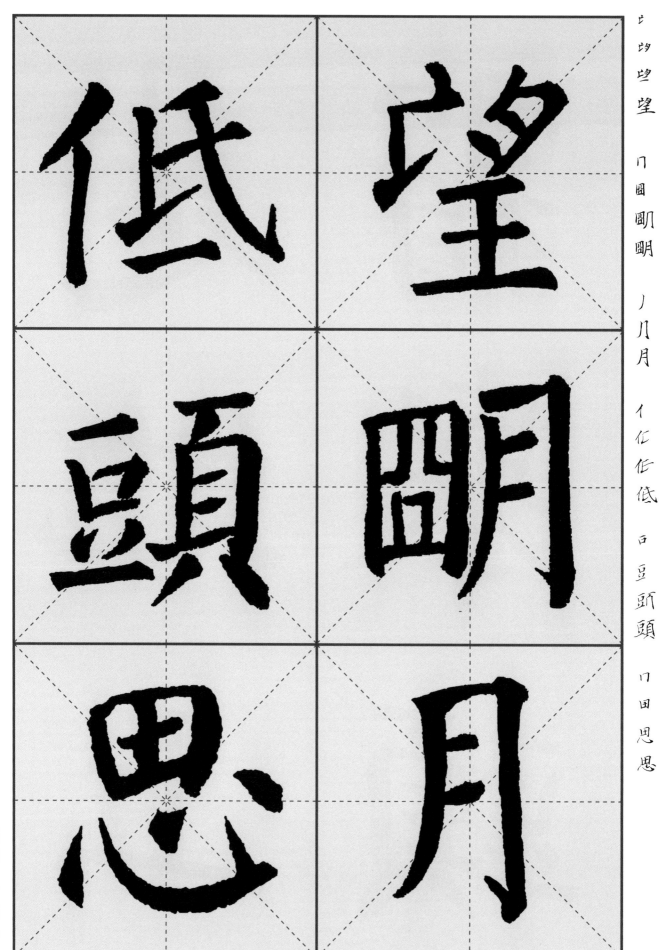

望朙月

低頭思

望明月，低头思

故乡。静夜思　唐　李白

故鄉

靜夜思　唐　李白

十 古 古 故　乡 乡 组 鄉

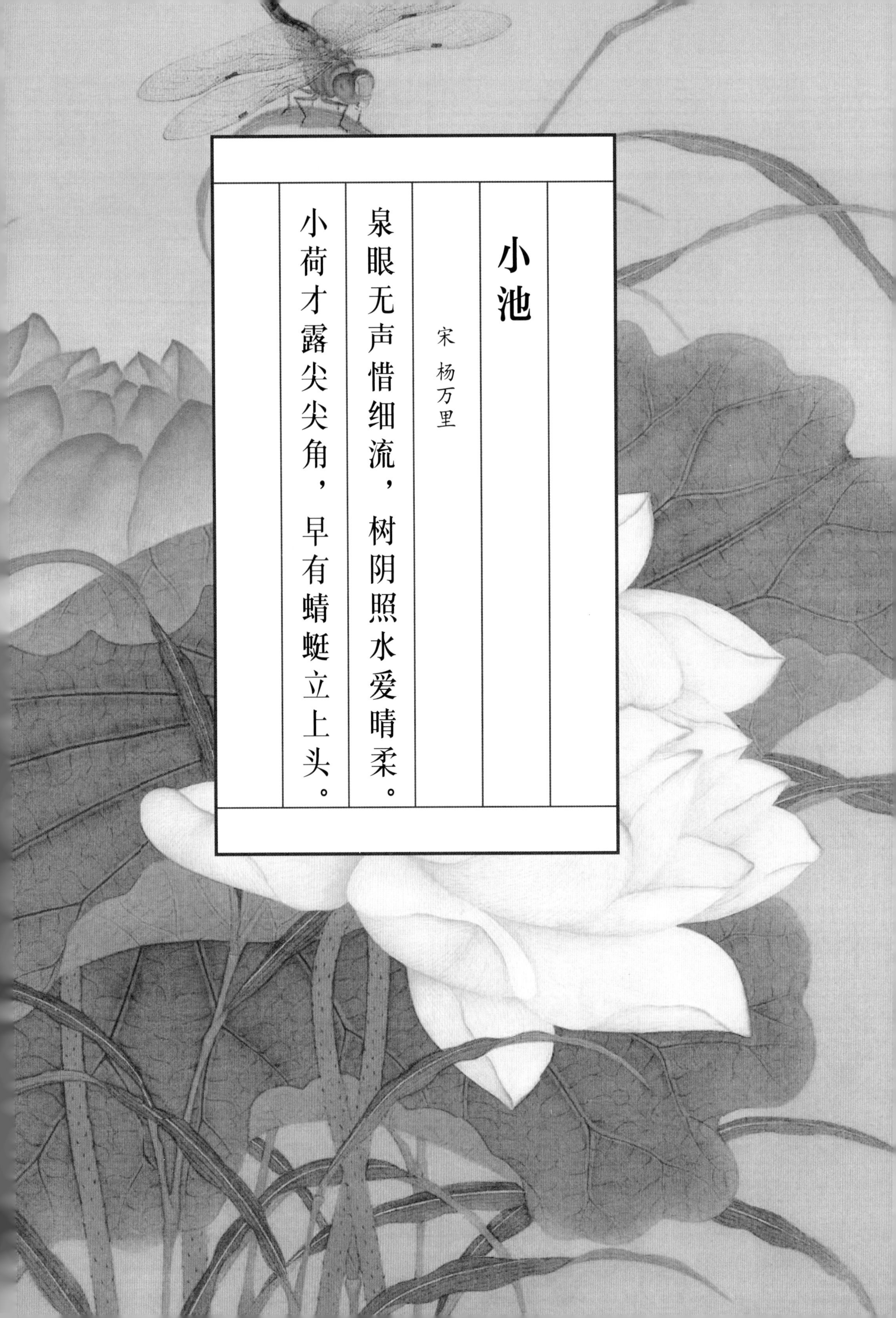

小池

宋 杨万里

泉眼无声惜细流，树阴照水爱晴柔。
小荷才露尖尖角，早有蜻蜓立上头。

泉眼無聲惜細

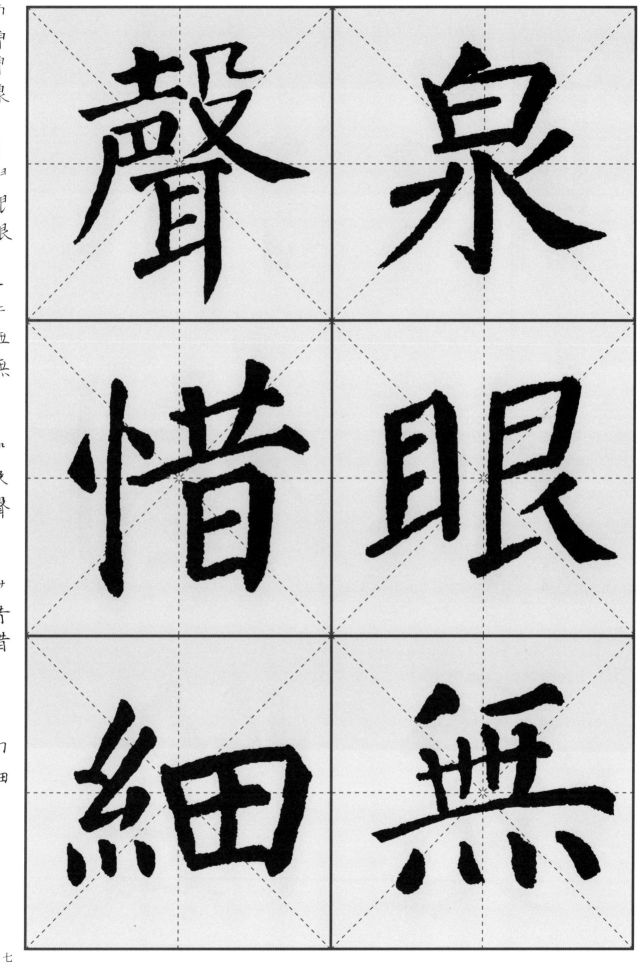

泉眼无声惜细

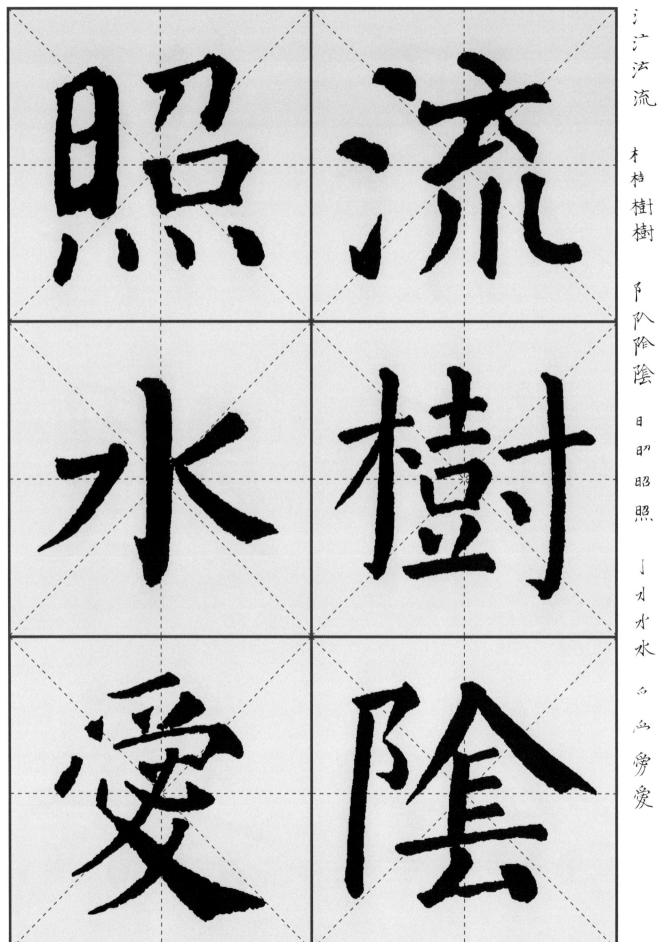

流樹

照水

陰愛

氵 汸 汯 流

木 桔 樹 樹

阝 阝人 陰 陰

日 昭 昭 照

亅 水 水 水

爫 爫 愛 愛

流，树阴照水爱

晴柔小

荷才露

晴柔。小荷才露

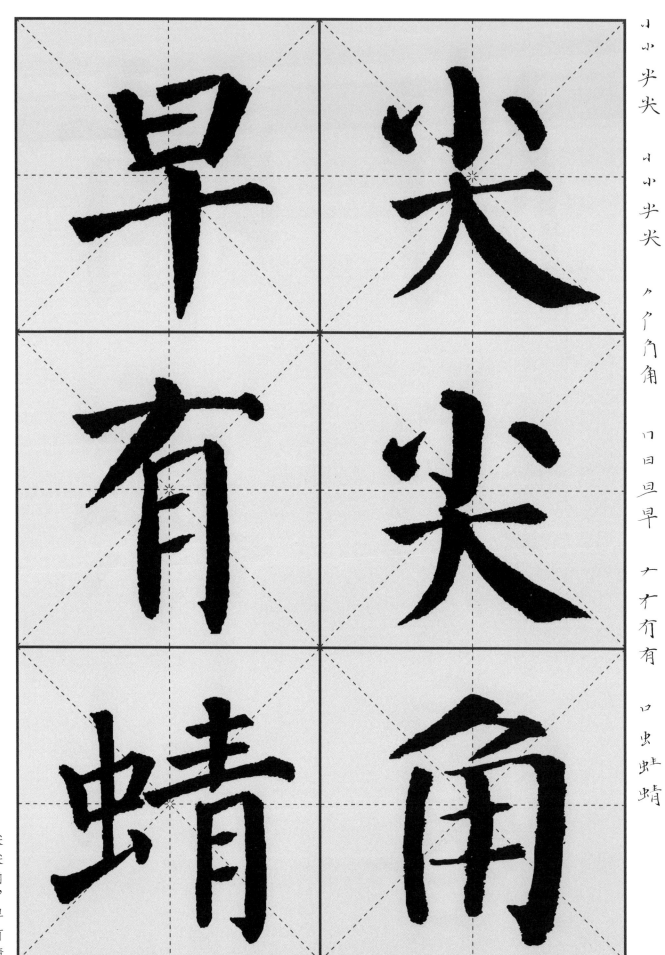

尖尖角

早有蜻

丨 小 尖 尖

丨 小 尖 尖

⺈ 𠂊 角 角

口 日 旦 早

𠂇 有 有 有

口 虫 蛙 蜻

尖尖角，早有蜻

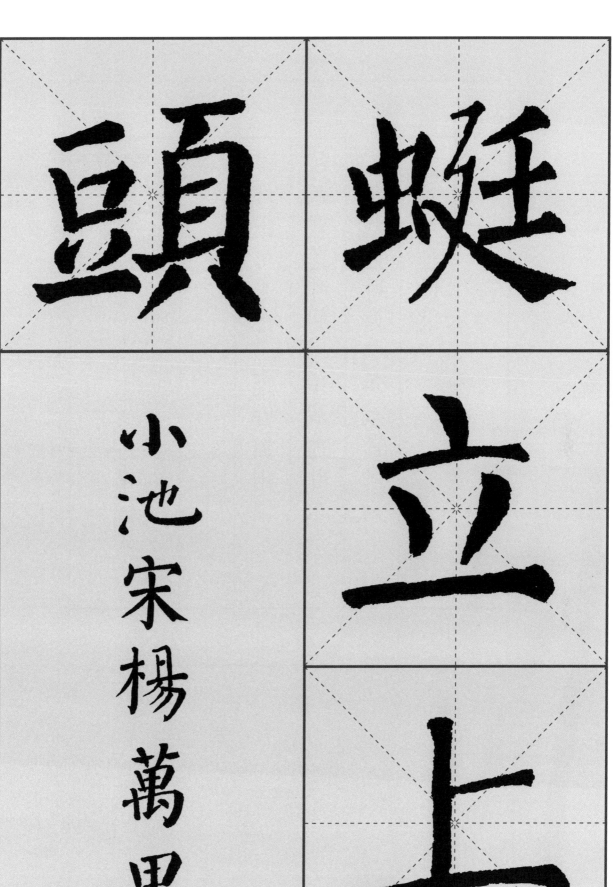

蜓

立

上

頭

小池 宋楊萬里

蜓立上头。小池 宋 杨万里

中 虫 虹 蜓

亠 亣 立

丨 卜 上

口 豆 頭 頭

江南

汉乐府

江南可采莲，莲叶何田田。
鱼戏莲叶间。鱼戏莲叶东，
鱼戏莲叶西，鱼戏莲叶南，
鱼戏莲叶北。

江南可
採蓮蓮

氵汀汀江 十冇冇南 一丁可可 扌扌扌採 艹萓蓮蓮 艹蓮蓮蓮

江南可采莲，莲

葉 何 田

田 魚 戲

艹 𦱳 䔟 葉

亻 仁 佢 何

丨 冂 用 田

丨 冂 用 田

⺈ 𠂊 奐 魚

广 虗 戱 戲

叶何田田。鱼戏

蓮葉間

魚戲蓮

莲叶间。鱼戏莲

艹 萓 蓮 蓮
艹 丗 苹 葉
尸 門 閅 間
𠂊 仢 魚 魚
𠂆 虛 戲 戲
艹 萓 蓮 蓮

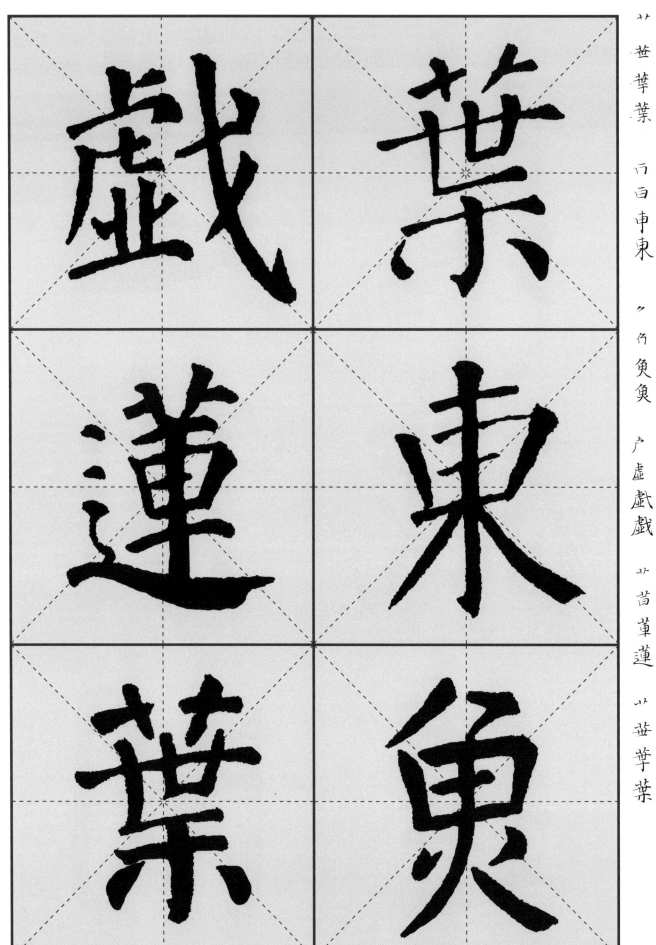

葉東魚戲蓮葉

叶东，鱼戏莲叶

一丆丙西西 𠂊⺈鱼魚 卢虚戱戲 艹苜蓮蓮 艹丗𦲷葉 十冂冉南南

西 魚 戲 蓮 葉 南

西，魚戏莲叶南，

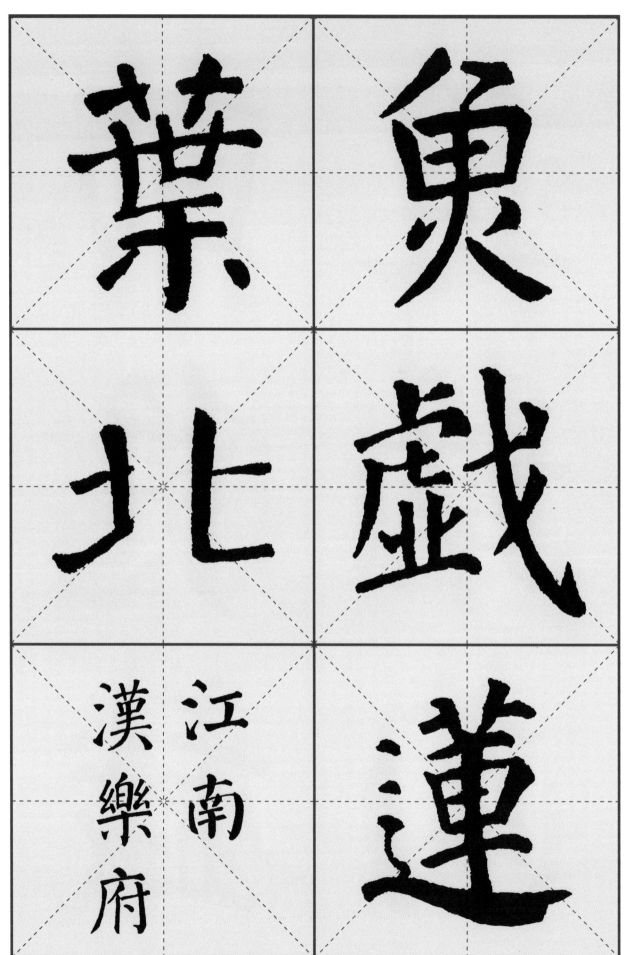

魚戲

蓮葉

北

江南

漢樂府

ク 仢 奂 魚

𠂉 虚 戯 戲

丷 甾 菫 蓮

艹 丗 葉 葉

丬 北 北

鱼戏莲叶北。

江南 汉乐府

咏鹅

唐 骆宾王

鹅，鹅，鹅，曲项向天歌。
白毛浮绿水，红掌拨清波。

鵞鵞鵞

曲項向

鹅，鹅，鹅，曲项向

天歌白
毛浮綠

一 二 于 天　可 哥 哥 歌　丿 亻 白 白　丿 二 三 毛　氵 浮 浮 浮　纟 紓 紓 綠

天歌。白毛浮绿

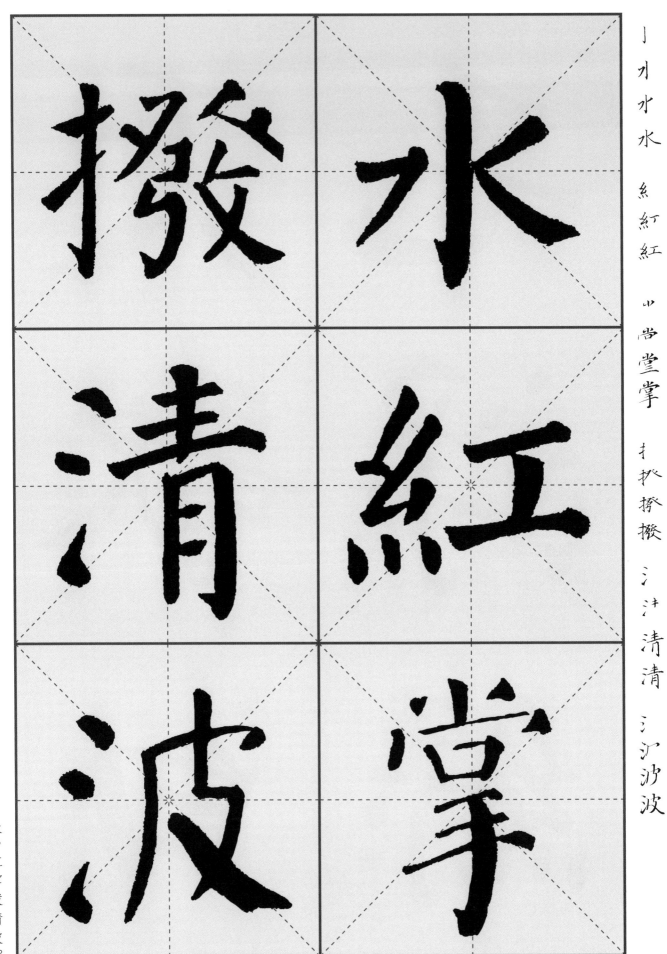

水紅掌

撥清波

水 紅 掌 撥 清 波

水，红掌拨清波。

詠鵞唐駱賓王

咏鹅　唐　骆宾王

风

唐 李峤

解落三秋叶，能开二月花。
过江千尺浪，入竹万竿斜。

⺈ 角 角 解

艹 艹 茨 落

一 二 三

千 禾 秒 秋

艹 丗 枼 葉

厶 肙 能 能

解落三
秋葉能

解落三秋叶，能

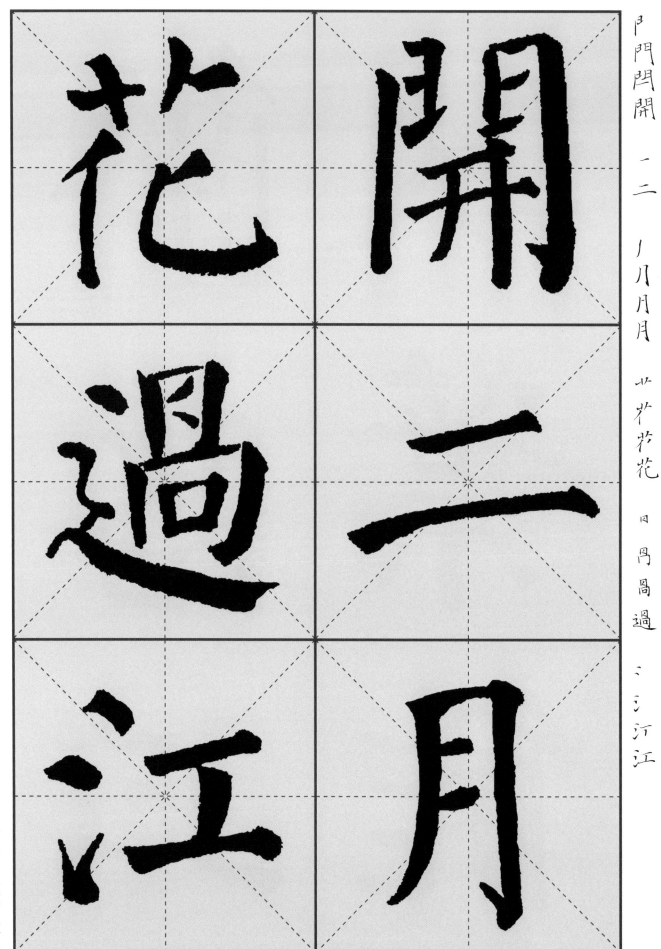

開二月

花過江

戶門門開 一二 丿刀月月 艹芢芲花 日 咼咼過 氵汀江

开二月花。过江

千尺浪

入竹萬

丿 二 千　㇕ コ 尸 尺　氵 氵白 浪 浪　丿 入　𠂉 𠂉丨 竹 竹　艹 萬 萬 萬

千尺浪，入竹万

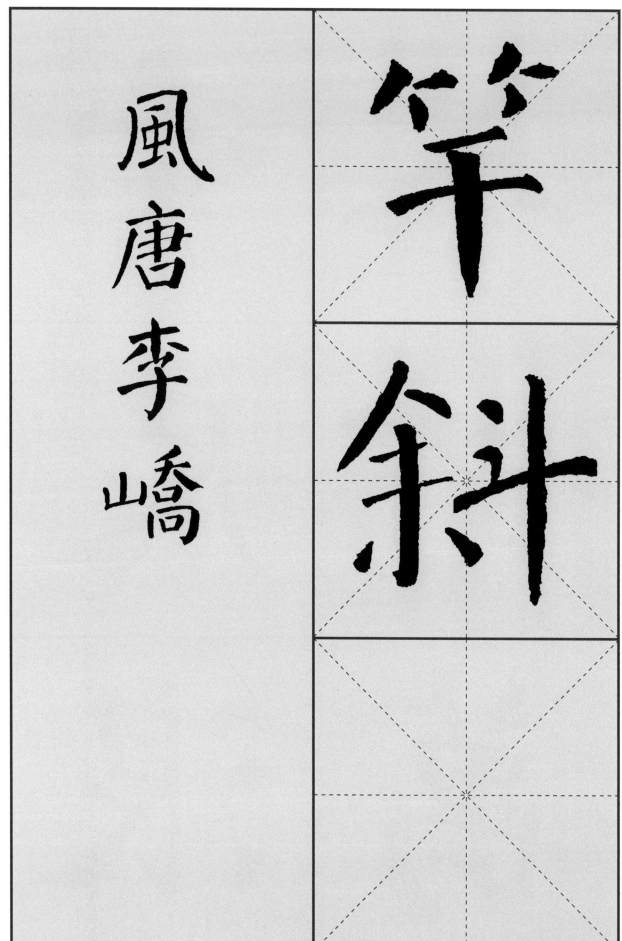

竿
斜

風
唐李嶠

竿斜。风 唐 李峤

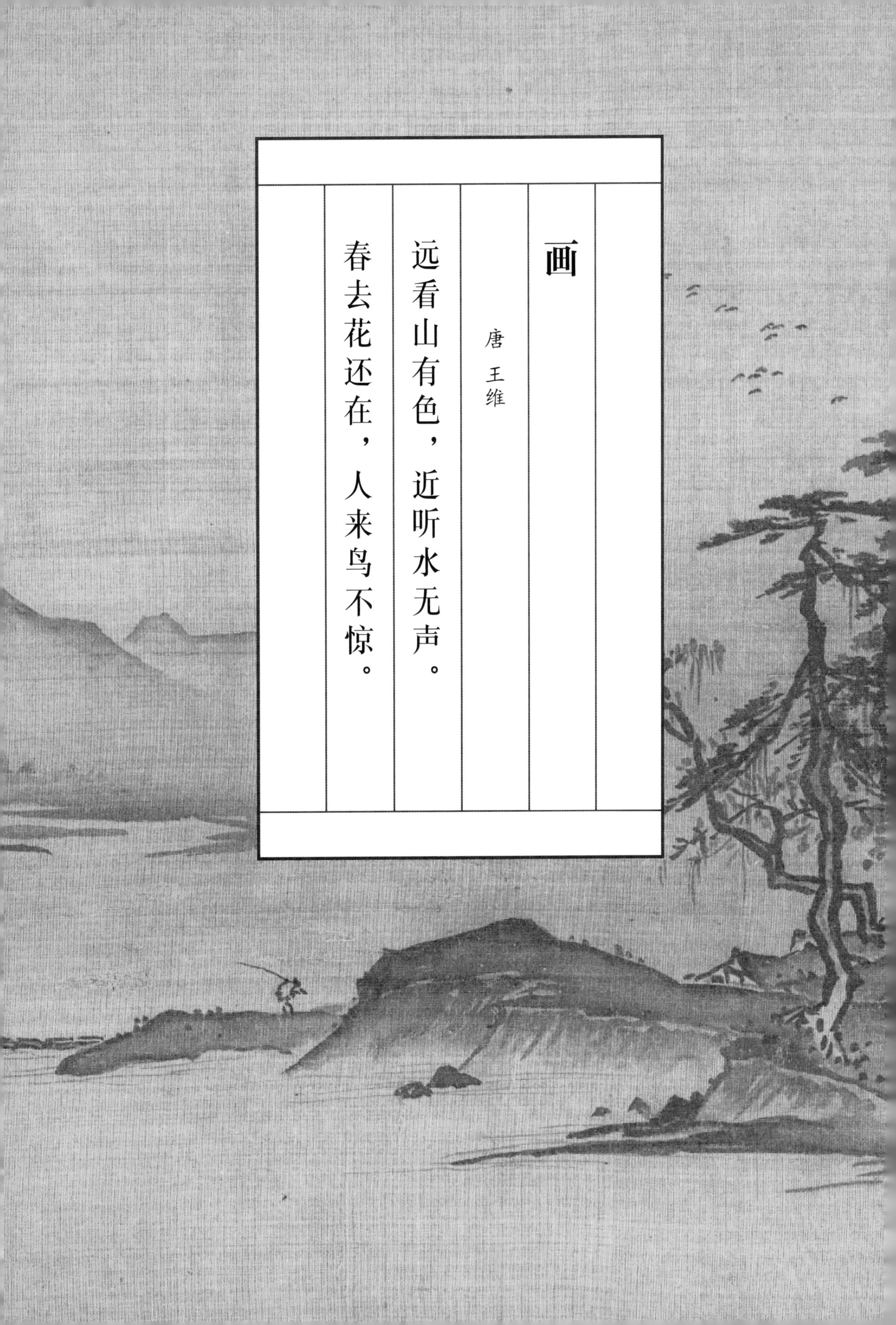

画

唐 王维

远看山有色，近听水无声。
春去花还在，人来鸟不惊。

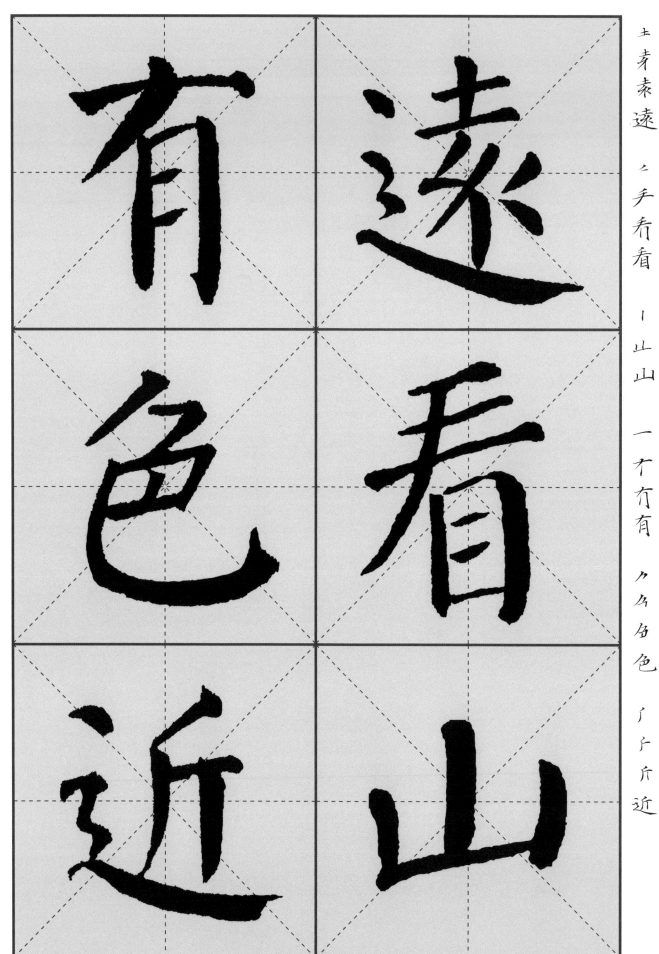

遠看山
有色近

土 声 袁 遠

二 手 看 看

丨 山 山

一 ナ 有 有

⺈ 刍 刍 色

丿 斤 斤 近

远看山有色，近

聽水無

聲春去

听水无声。春去

耳 聑 聽 聽

亅 水 水 水

丿 無 無 無

声 声 殸 聲

三 夫 春 春

十 土 去 去

花還在
人來鳥

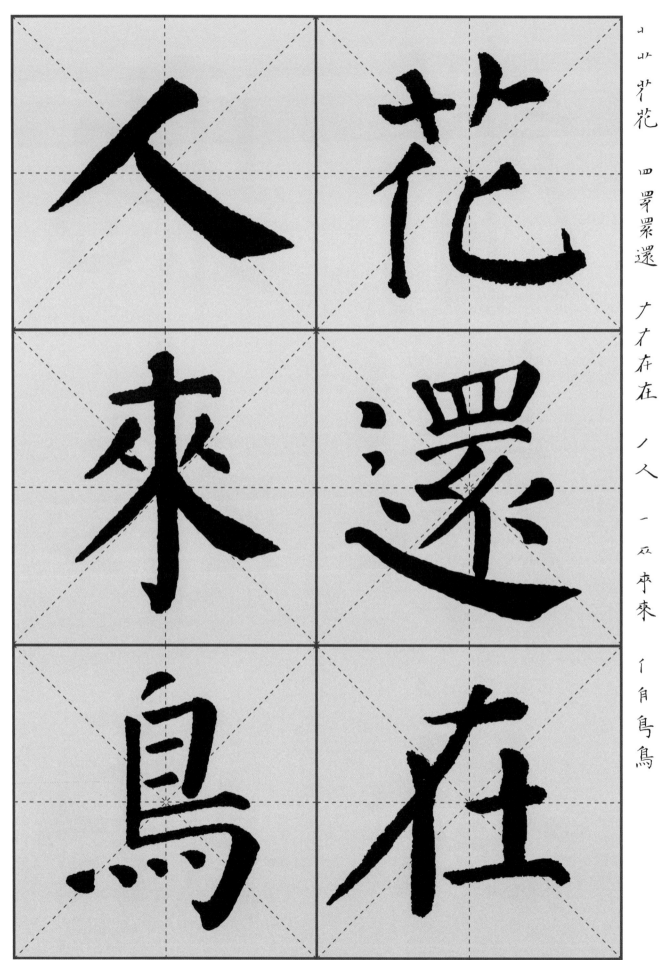

花还在，人来鸟

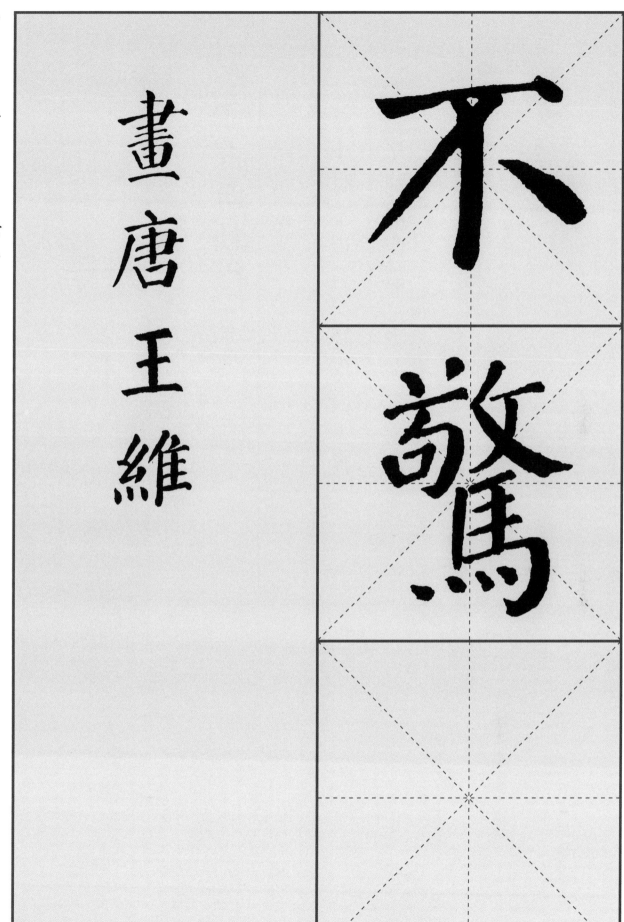

不驚

畫

唐 王維

不惊。

画 唐 王维

一丆不不 苟苟驚驚

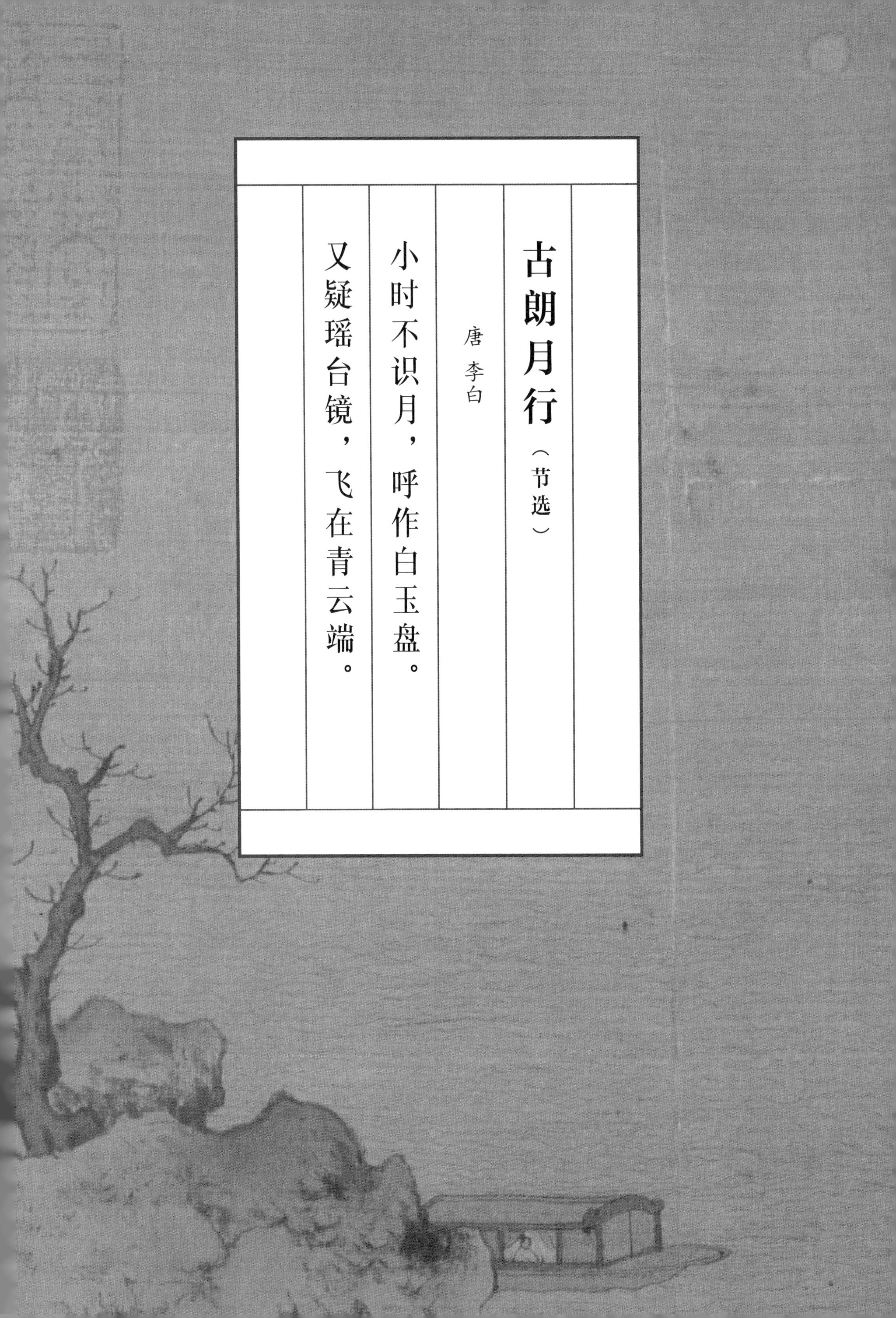

古朗月行（节选）

唐 李白

小时不识月，呼作白玉盘。
又疑瑶台镜，飞在青云端。

小時不
識月呼

丨 亅 小
日 旪 時
一 丆 不 不
言 諳 識
丿 月 月
口 叩 呼

小时不识月，呼

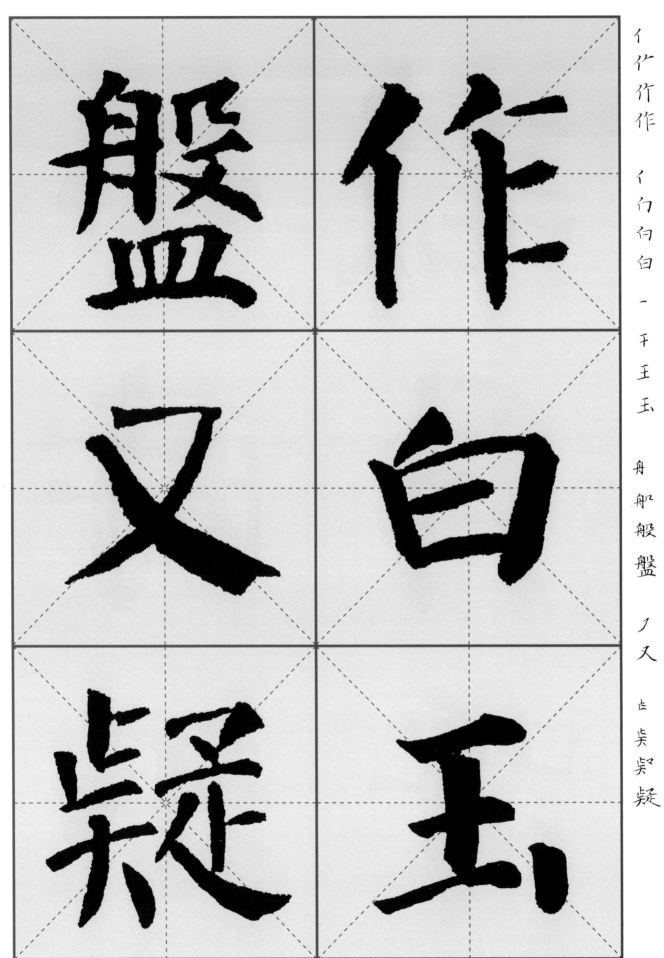

作
白
玉
盤
又
疑

亻 作
白
一 玉
舟 般 盤
ノ 又
疑

作白玉盘。又疑

王 玐 瑶 瑶

士 吉 臺 臺

𠂆 金 鋅 鏡

飞 飛 飛 飛

ナ 存 在 在

丰 主 青 青

瑶臺鏡

飛在青

瑶台镜，飞在青

雲端

古朗月行節選 唐李白

云端。古朗月行（节选） 唐 李白

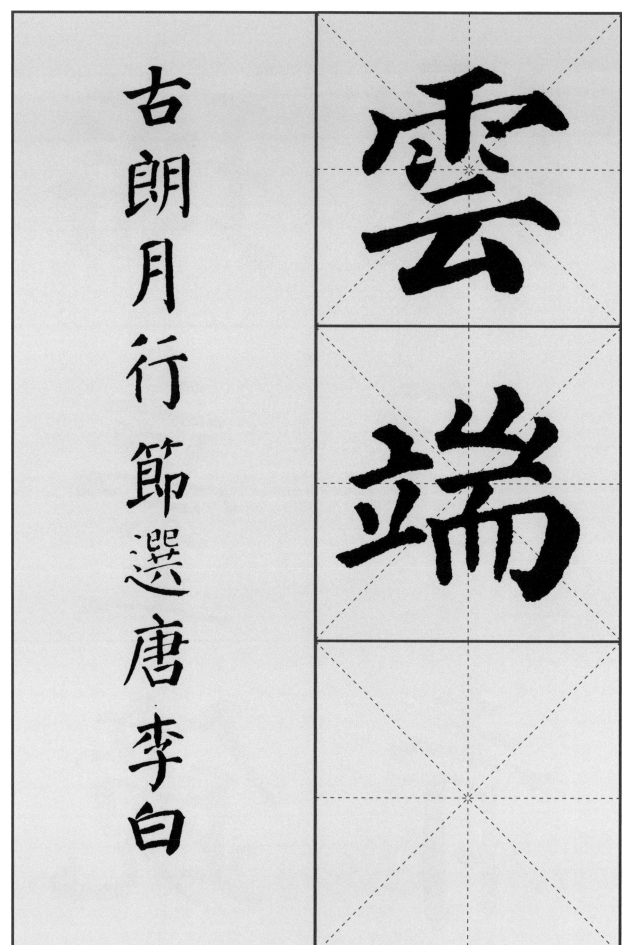

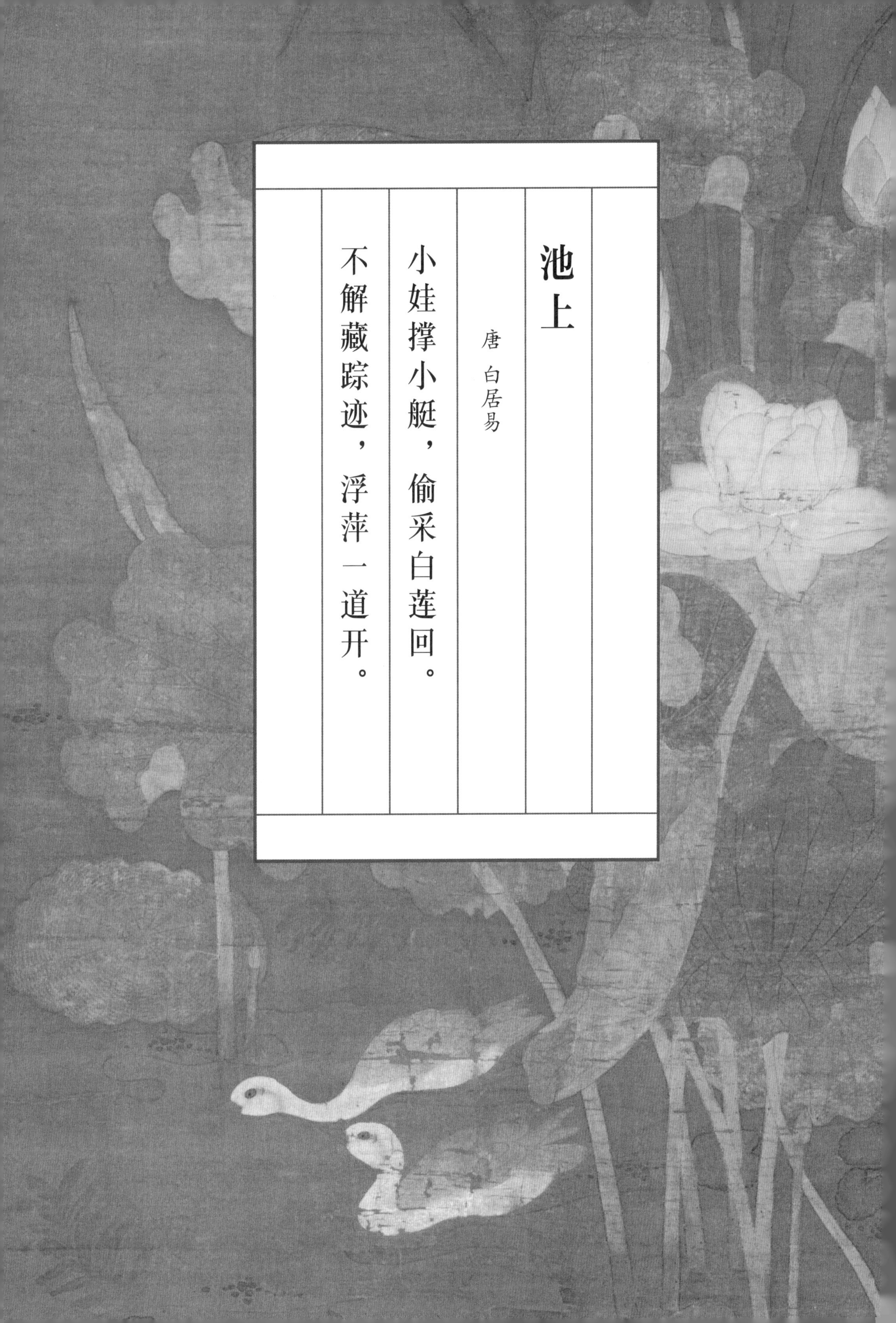

池上

唐 白居易

小娃撑小艇，偷采白莲回。
不解藏踪迹，浮萍一道开。

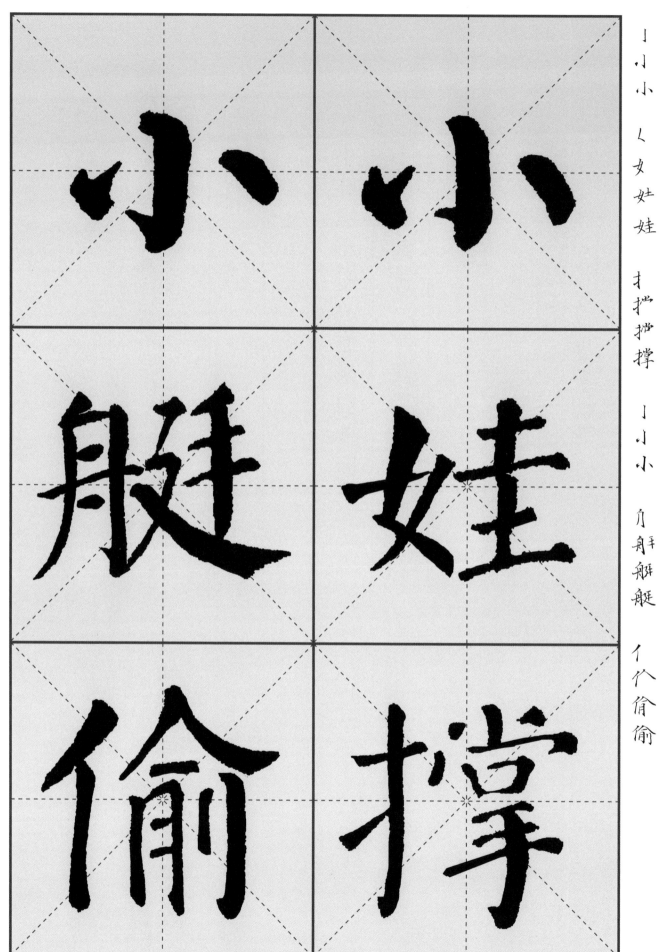

小娃撑

小艇偷

亅 小 小

ㄑ 女 女土 娃

扌 扌⺌ 掌 撑

亅 小 小

月 舟 舟廷 艇

亻 亼 俞 偷

小娃撑小艇，偷

採白蓮
迴不解

扌 扌 扌 採
亻 白 白 白
⺌ 萓 蓮 蓮
冂 回 回 迴
一 丆 不 不
⺈ 角 角 解

采白莲回。不解

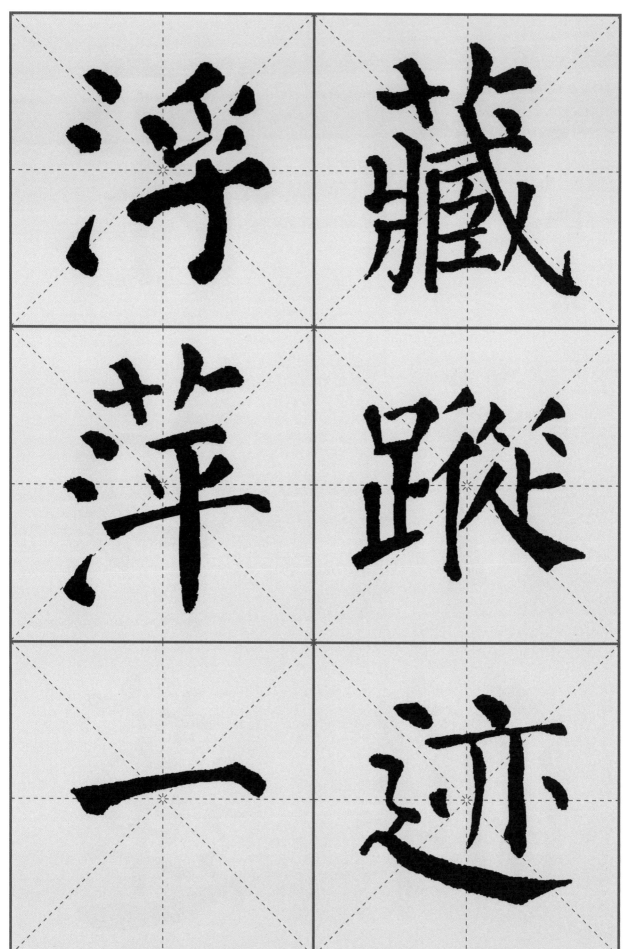

藏蹤迹

浮萍一

藏踪迹，浮萍一

丷首道道

户門閂開

道

開

池上 唐 白居易

道开。池上 唐 白居易

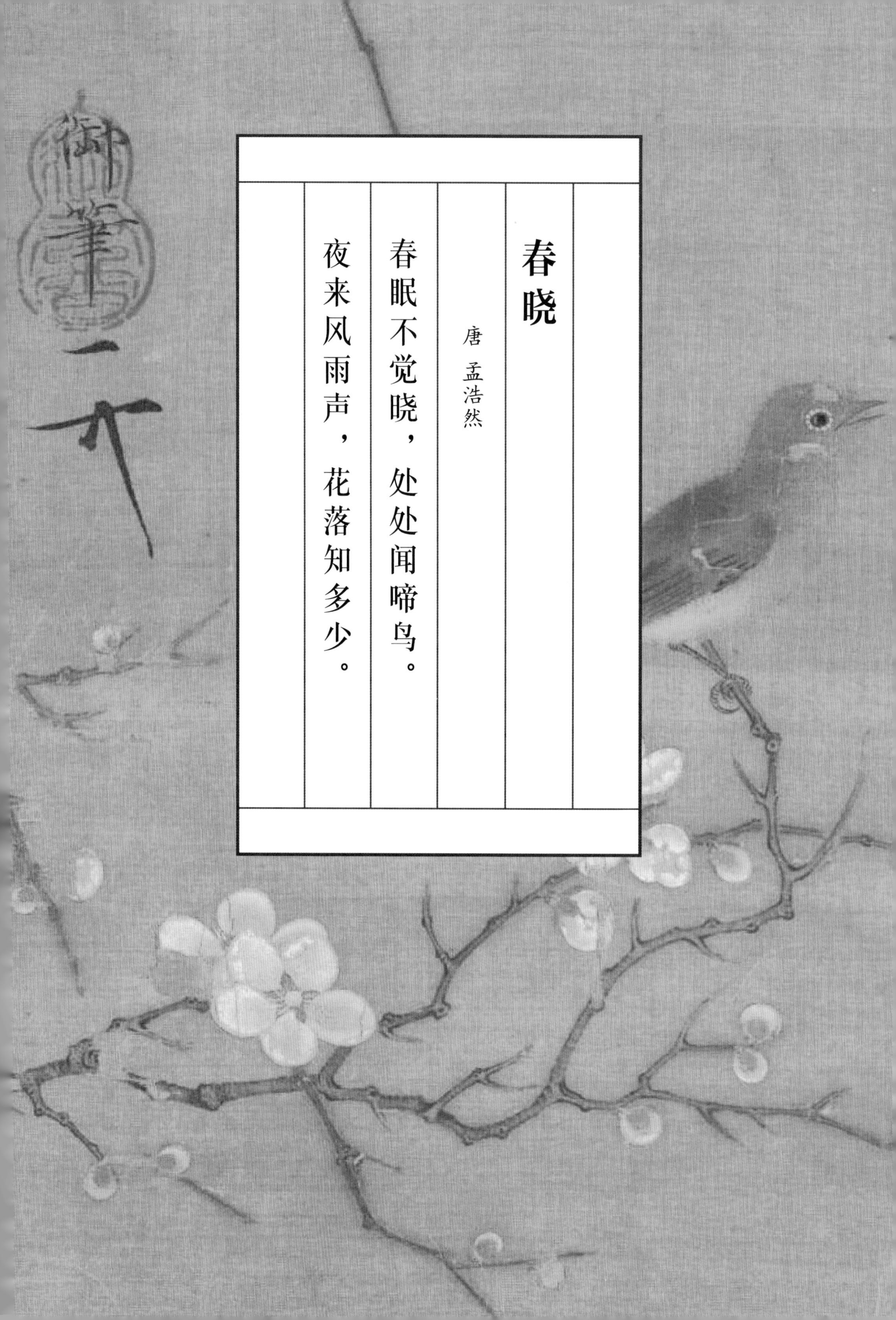

春晓

唐 孟浩然

春眠不觉晓，处处闻啼鸟。
夜来风雨声，花落知多少。

春眠不

覺曉處

三 𡗗 春 春

目 目 眂 眠

一 丆 不 不

𦥑 𦥯 覺

日 日 曉 曉

虍 虍 處 處

春眠不觉晓，处

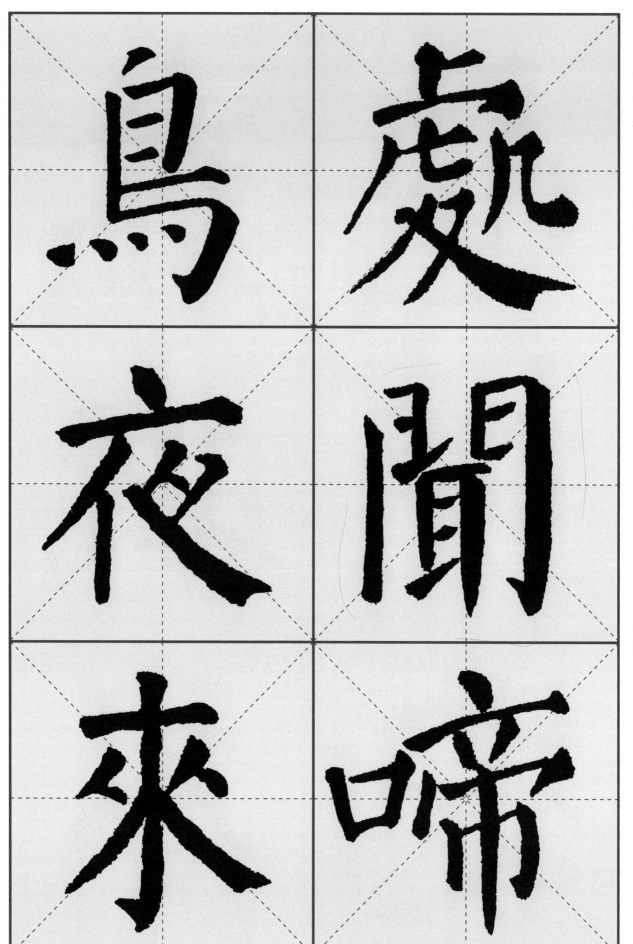

處聞啼
鳥夜來

卢 虍 虔 處
户 門 閂 聞
口 吂 啼
白 鳥 鳥
亠 广 夜 夜
一 双 來 來

处闻啼鸟。夜来

風雨聲
花落知

丿 凡 風 風
一 冂 雨 雨
声 声 殸 聲
丷 艹 芢 花
艹 艹 茖 落
𠂉 矢 知 知

风雨声，花落知

ク 夕 多 多　丨 小 少

多

少

春曉唐孟浩然

多少。　春晓　唐　孟浩然

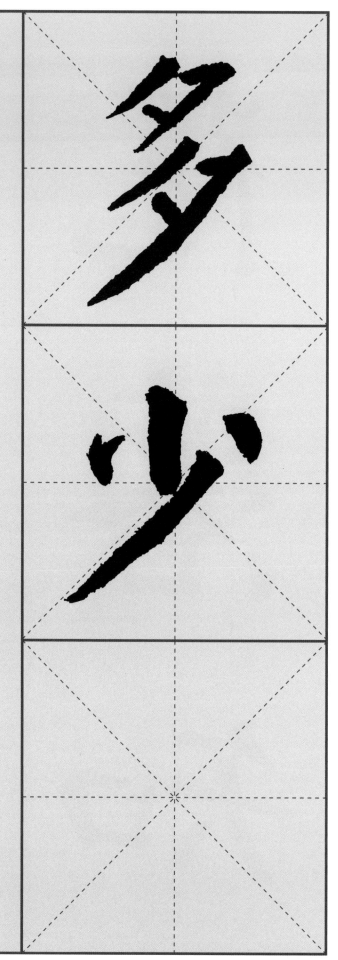

悯农（其二）

唐 李绅

锄禾日当午，汗滴禾下土。

谁知盘中餐，粒粒皆辛苦。

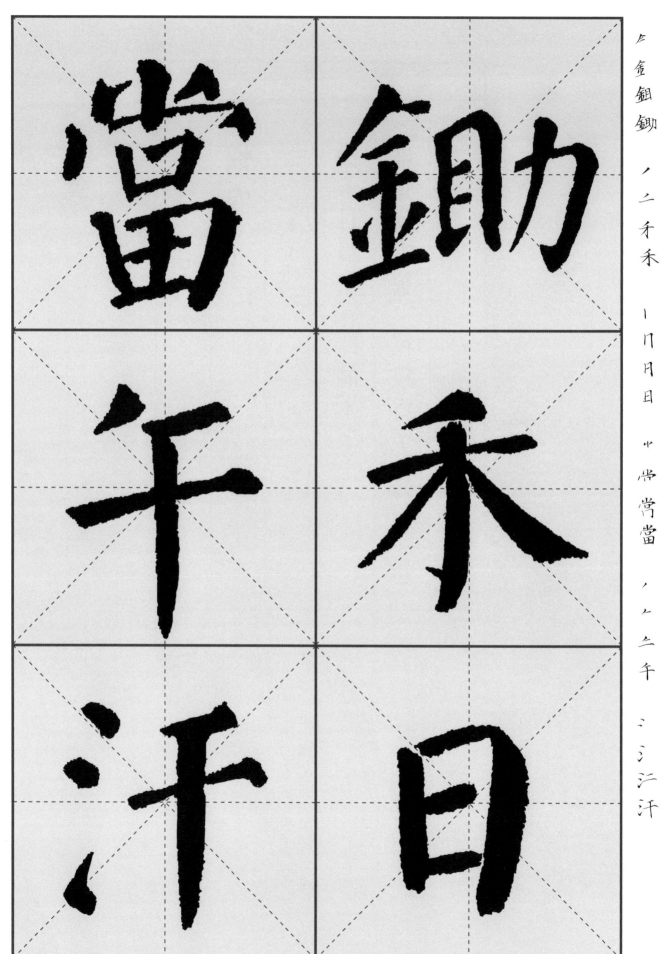

鋤禾日
當午汗

𠂉 金 鉬 鋤
丿 二 千 禾
丨 冂 冃 日
⺌ 尚 常 當
丿 𠂉 二 午
⺀ 氵 汇 汗

锄禾日当午，汗

氵 汸 滴 滴

丿 二 千 禾

一 丅 下

一 十 土

言 訁 訃 誰

𠂉 午 矢 知

滴禾下

土誰知

滴禾下土。谁知

盤中飡
粒粒皆

舟 舡 般 盤　丶 冂 口 中　冫 冷 飡 飡　丷 米 粒 粒　丷 米 粒 粒　上 比 比 皆 皆

盘中餐，粒粒皆

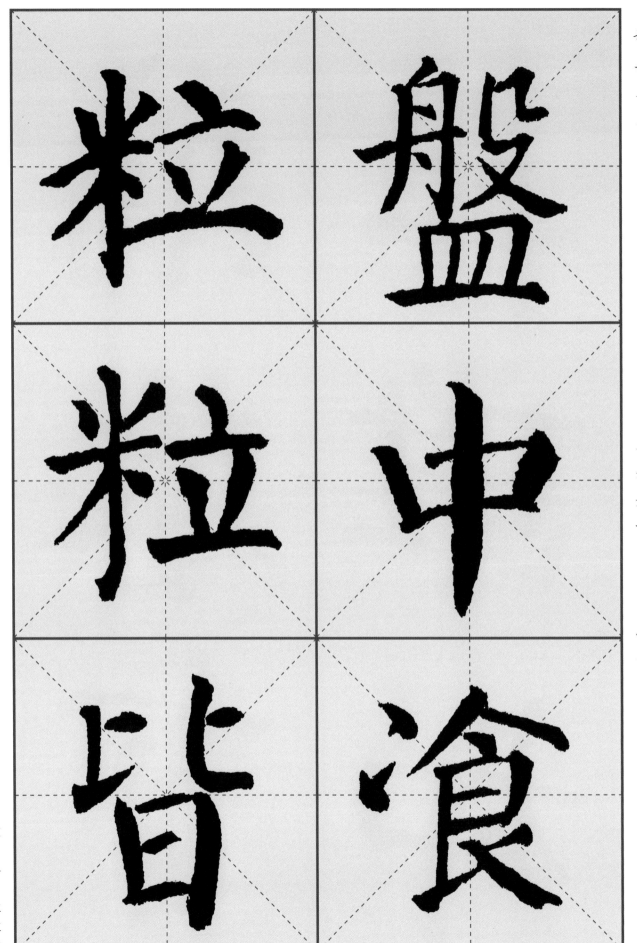

辛苦。悯农（其二） 唐 李绅

辛

苦

憫農其二唐李紳

画鸡

明 唐寅

头上红冠不用裁，满身雪白走将来。

平生不敢轻言语，一叫千门万户开。

頭上紅
冠不用

口 豆 頭 頭
丨 ⺊ 上
纟 糸 紅 紅
冖 冖 冠 冠
一 丆 不 不
丿 冂 月 用

头上红冠不用

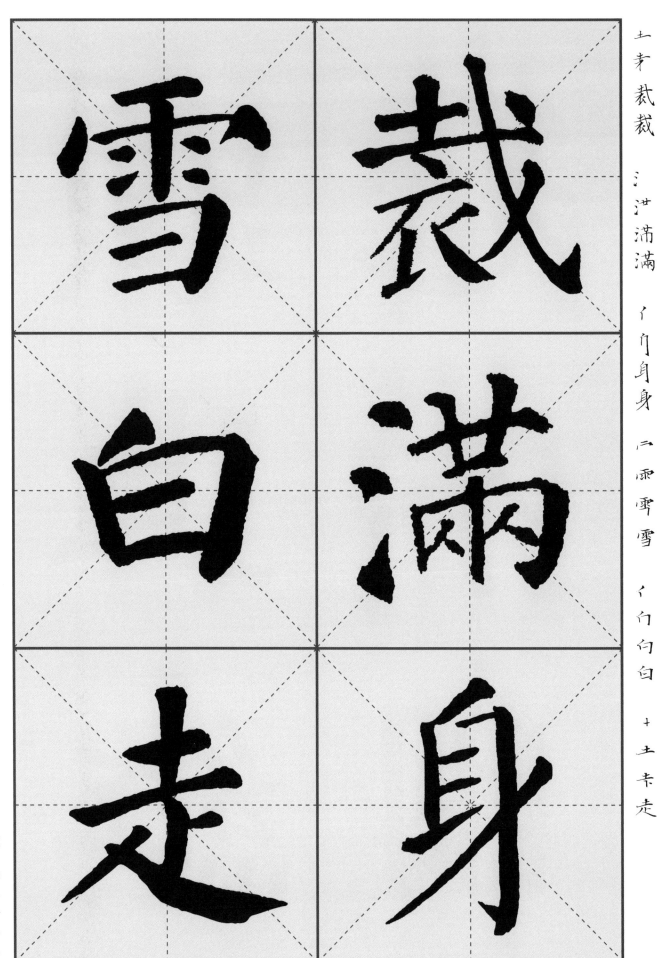

裁 满 身

雪 白 走

裁，满身雪白走

將來平生不敢

将来。平生不敢

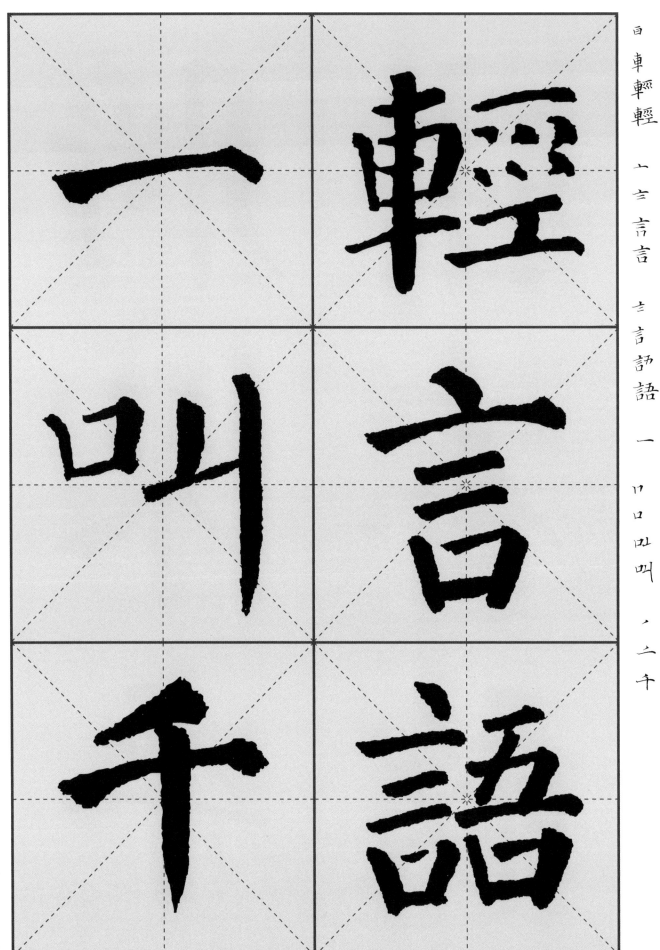

輕言語
一叫千

車 輕 輕
亠 言 言
言 語 語
一
口 口 叫 叫
丿 二 千

轻言语，一叫千

門萬戶開

畫鷄　明　唐寅

门万户开。　画鸡　明　唐寅

寻隐者不遇

唐 贾岛

松下问童子，言师采药去。
只在此山中，云深不知处。

松下問

童子言

寸 朩 朳 松　一 丅 下　戶 阝 門 問　亠 立 音 童　乛 了 子　丶 亠 言 言

松下问童子，言

師
採
藥
去
只
在

丨 𠂤 師 師
扌 扌 捋 採
艹 苩 藥 藥
十 土 去 去
丶 口 只 只
一 𠂇 存 在

师采药去。只在

此山中
雲深不

卜 止 此 此
丨 山 山
丶 冂 口 中
⺈ 雨 雲 雲
氵 氵 深 深
一 丆 不 不

此山中，云深不

知處

尋隱者不遇 唐賈島

知处。

寻隐者不遇 唐 贾岛

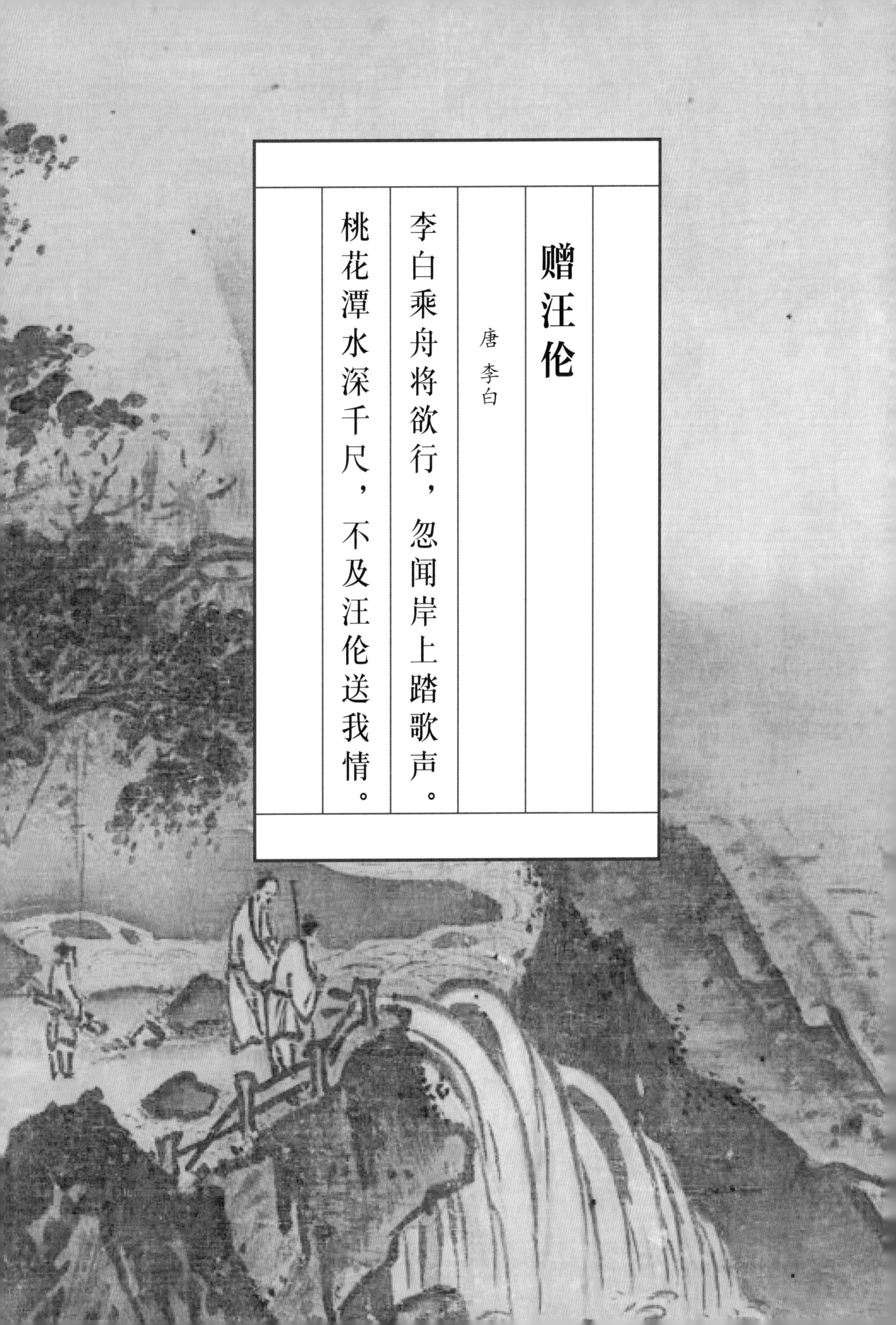

赠汪伦

唐 李白

李白乘舟将欲行，忽闻岸上踏歌声。
桃花潭水深千尺，不及汪伦送我情。

舟李

將白

欲乘

十 木 李 李
丿 亻 白 白
二 乖 乘 乘
丿 月 丹 舟
丬 爿 將 將
八 谷 欲 欲

李白乘舟将欲

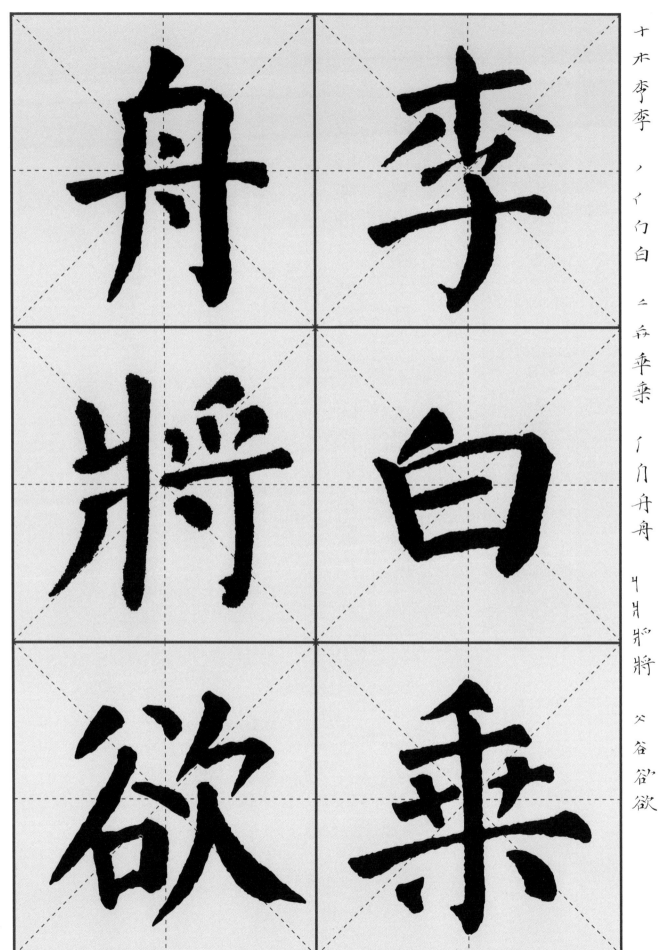

行忽聞

岸上踏

丿 彳 彳 行

勹 勿 忽 忽

戸 門 聞 聞

山 山 屵 岸

丨 卜 上

口 𧾷 跊 踏

行，忽闻岸上踏

歌聲桃花潭水

歌声。桃花潭水

氵沪泙深 丿二千 ココ尸尺 一丆不不 丿乃及 氵氵汀汪

深千尺不及汪

深千尺，不及汪

倫送我
情

贈汪倫 唐 李白

倫 送 我 情

伦送我情。赠汪伦 唐 李白